AF275771

La batalla entre los libros antiguos y modernos

Jonathan Swift

La batalla entre los libros antiguos y modernos

Traducción de Cristóbal Serra

Prólogo de Nadal Suau

Título original: *The Battle between the Ancient and Modern Books*

Primera edición: noviembre de 2025

© De la traducción: Herederos de Cristóbal Serra, 2001 y 2025
© Del prólogo: Nadal Suau, 2025
© De la edición: H&O Editorial, 2025
www.ho-editorial.com

Imagen de cubierta: Alamy
Diseño: Silvio García-Aguirre López-Gay
Maquetación: Fotocomposición gama, sl
Corrección: Mari Carmen Aguilera
Impresión: Arcángel Maggio

ISBN: 979-13-87914-06-6
Depósito legal: B 20200-2025

Prólogo de Nadal Suau

Disponemos de no menos de cinco libros biográficos canónicos en lengua inglesa dedicados a Jonathan Swift, y, sin embargo, son muchas las circunstancias de su vida que permanecen confusas. Sus orígenes, por ejemplo, están rodeados de un aura enigmática desconcertante. Swift nació en Dublín, se supone que en 1667 (aunque Leo Damrosch, quizá el mejor de sus biógrafos, duda incluso de esa fecha), pocos meses después de la muerte de su padre. Sin embargo, ¿era realmente su padre? Hay hipótesis que lo niegan, si bien no podemos considerarlas irrefutables. En caso de que la respuesta fuese negativa, ¿a santo de qué su familia (su madre, arruinada, o su tío y protector, acomodado a duras penas) habría pergeñado la engañifa de esa versión oficial? ¿Y por qué cuando su cuidadora se lo llevó varios años a Inglaterra, siendo apenas un bebé y supuestamente sin permiso, la familia no hizo ningún esfuerzo conocido por contactar con él ni represalió a la secuestradora? Como digo, las preguntas abiertas abundan en la historia de este hombre enérgico, brillante, ambicioso, sentimental a su manera, obsesionado con el dinero y el estatus, que hizo carrera como sacerdote anglicano y llegó a ser, en palabras de William Godwin, «la mente más poderosa de su tiempo».

Muchas preguntas tienen que ver con sus posicionamientos ideológicos, que con el tiempo lo convirtieron en un conservador provisto, eso sí, de aristas lo bastante afiladas para incomodar en todas direcciones. Nació en Irlanda, «como Albert Camus lo hizo en Argelia» (el ingenioso paralelismo se lo debemos a Patrick Reilly), pero es dudoso que se sintiese propiamente irlandés o que militase en una causa identificable con lo que andando el tiempo sería llamado *nacionalismo*. Aun así, puso su talento paródico al servicio de los intereses irlandeses, lo cual no es poco si tenemos en cuenta que fue el mejor y más acerbo humorista político del XVIII. Si nos alejamos de la esfera pública para penetrar en lo sentimental, las incógnitas alrededor de su persona tampoco escasean, y no por accidente: Swift siempre se cuidó de no ser realmente conocido del todo por nadie. Sí sabemos que amó a varias mujeres, gracias en parte a su correspondencia y a sus diarios íntimos, llenos de instantes de una ternura inesperada. «Stella» y «Esther» fue como rebautizó a las dos más decisivas, aunque nos quedaremos siempre con las ganas de saber más detalles y de responder a un misterio nada menor: ¿llegaron a casarse en secreto Stella y Jonathan? Sea como sea, lo que nos interesa aquí es dejar constancia de la complejidad de Swift, un hombre instalado en la encrucijada entre la inestable posición social de la que partía, las exigencias de una carrera profesional, la velocidad de su inteligencia y el amor por la lengua inglesa, en la que fue un maestro inigualable.

Por supuesto, en 2025 Swift es el autor de *Los viajes de Gulliver* para la mayoría de lectores de todo el mundo, y está bien que así sea, no en vano la novela pertenece al restringido club de las obras maestras clásicas universales. El único problema es que la fama del libro opaca al resto de su producción, que cuenta con, al menos, otra pieza perfecta, *El cuento de un tonel* (alegoría irónica en torno a las religiones, anticatólica a machamartillo, pesimista, desbordante), y con centenares de artículos, opúsculos o panfletos de una violencia satírica cuya modernidad se descubre todavía hoy casi inverosímil. En el mapa de semejante trayectoria literaria, *Relato completo y verídico de la batalla librada el viernes último entre los libros antiguos y los libros modernos en la biblioteca de Saint-James* puede considerarse su primera obra como tal, a pesar de que el autor ya había hecho probaturas tanto en verso, con resultados tirando a desincentivadores por decirlo compasivamente, como en prosa. Swift lo escribió en 1697 para guardarlo en un cajón hasta 1704, cuando vio la luz, y lo hizo en respuesta a dos factores contextuales: el más visible es una guerra cultural que atraviesa Occidente, y el más discreto, su delicado vínculo con un prohombre de la sociedad del momento, sir William Temple.

Empecemos por lo macro. Por mucho que sus raíces se hundan en el Renacimiento, con calas de importancia en España e Italia, la Querella de los Antiguos y los Modernos caracterizó principalmente el debate literario e intelectual entre finales del siglo XVII y el cierre del XVIII y tuvo su verdadero centro en Francia. En *Las abejas y las arañas*, Marc Fumaroli identifica la polémica con «una línea divisoria» que separa «agriamente a los intelectuales. Unos pretenden adscribir la Europa moderna al genio antiguo. Otros pretenden emanciparse». La postura moderna queda resumida en las siguientes palabras de Pascal, de ecos perdurables hasta ayer mismo: «Los que llamamos antiguos eran realmente nuevos en todas las cosas y formaban propiamente la infancia de los hombres; y como sea que nosotros hemos añadido a sus conocimientos la experiencia de los siglos que les siguieron, en nosotros se puede encontrar aquella antigüedad que reverenciamos en ellos». Como prueba del largo alcance de su impacto, recordemos que José María Valverde no supo morderse la lengua al citar el pasaje en los años cincuenta, y dejó caer: «El argumento puede impresionar —hasta tal punto que es uno de los que emplean los tontos de nuestros días para atacar la formación humanística».

A lo largo de menos de cien años, la Querella dejó pasajes retóricos de gran nivel debidos a ambos bandos, pero conviene no perder de vista que no se trató solo de un debate sobre las buenas letras. De la mano del rifirrafe literario venían también otros muchos aspectos relacionados con las ideas de progreso, justicia o bienestar que pugnaban por la hegemonía política, la institucionalización definitiva de las lenguas modernas, los privilegios sociales de ciertas clases, el prestigio creciente (y amenazante para algunos) de las ciencias, las libertades religiosas, la posesión de la autoridad intelectual... Como es imposible desarrollar aquí el minucioso tejido que se ocultaba tras la apariencia de un enfrentamiento de salón, bastará con dejar claro que nuestra mirada no debería pecar de ingenua: en 1700, como ahora, bajo el pretexto cultural latían complejas pulsiones de poder. Tampoco es fácil ni recomendable tomar partido, pues no faltaron las caídas en el ridículo de uno y otro lado. Así, tal vez uno tienda a comprar *a priori* el ideario clasicista, y entonces se encontrará llevándole la contraria a un clásico como Descartes, nada menos, o sosteniendo que la medicina romana era mejor que la actual. O puede que el cuerpo nos pida militar en los modernos, con lo cual nos arriesgaremos a vocear la mediocridad de Homero o la superioridad de un olvidadísimo filósofo de apellido Fontenelle frente a Platón. Mucho mejor aplicar la síntesis propuesta por Fumaroli: «Se puede ser moderno con los Antiguos, y gracias a los Antiguos».

La aportación de Swift a ese prolongado intercambio europeo de ideas llegó en una fecha relativamente temprana de la Querella. Él era todavía alguien sin relevancia cultural, política ni social, apenas el secretario de William Temple, eso sí, cargado de unas ambiciones personales que constituyeron el verdadero motor de su escritura en aquel momento. En cuanto a Temple, se trataba de un diplomático y parlamentario de éxito, un escritor de estilo desenfadado que serviría de modelo a su ayudante, amigo muy cercano del rey Guillermo III, mujeriego implacable y epicúreo definitivo. Temple fue el gran benefactor de Swift en su juventud, proporcionándole trabajo, contactos y consejo, aunque los especialistas siguen discutiendo tanto las razones de esa generosidad (otra vez los misterios y las hipótesis) como la sinceridad del agradecimiento que siempre manifestó su protegido, un hombre que jamás logró desprenderse de los resquemores del ego. En 1697, el aún veinteañero Swift vivía en la residencia de Temple en Moor Park, y *La batalla de los libros* debe considerarse, en primer lugar, una especie de regalo a sir William, un homenaje y una salida en defensa suya. Claro que para nosotros acabaría representando mucho más.

En 1690, atento a los vientos que llegaban desde el continente, Temple había publicado *An Essay upon the Ancient and Modern Learning*, su propia contribución a la Querella, situándose por supuesto en el bando antiguo, que era el de los grandes señores como él. Aquel ensayo sacaba un largo listado de nombres a desfilar por la causa, pero Temple cometió la torpeza de empecinarse en los elegios a las *Epístolas* del tirano griego Falaris, que, en su opinión, atesoraban «más espíritu, fuerza de ingenio y genialidad que cualquieras otras que haya leído, antiguas o modernas». Un empeño delicado, dado que la autenticidad de esas cartas y su correcta datación era un motivo de controversia. Poco después, animado por el entusiasmo de Temple, el Christ Church College de Oxford encargó una nueva edición de las *Epístolas* a Charles Boyle, un brillante alumno de diecisiete años que solicitó a la King's Library de London que alguien cotejara las copias disponibles del texto. Según Boyle, el bibliotecario le respondió con insultos. Se trataba de Richard Bentley, un experto en literatura clásica de primer orden. Bentley tenía un amigo, William Wotton, que había publicado una crítica a los comentarios de Temple sobre Falaris. Juntos publicaron una segunda edición del texto que incorporaba una disertación en la que Bentley demostraba, sin lugar a duda, que las tan traídas y llevadas *Epístolas* eran falsas. Así pues, Temple y Boyle, y el Christ Church College por extensión, habían quedado en ridículo. Es decir, una casta había quedado en ridículo.

La extraordinaria respuesta del College a los argumentos filológicos de Bentley fue un texto colectivo en el que se sostenía que «Temple se ha escrito con Reyes, y los Reyes se han escrito con él [en referencia a su trabajo diplomático y su amistad con el monarca], y eso lo cualifica más para juzgar cómo escriben los reyes que a Bentley toda su correspondencia con profesores extranjeros». Este es el contexto latente tras la explicación con interés de parte que ofrece Swift en el pasaje introductorio que lleva por epígrafe «El librero al lector». Si él mismo intervino en la batalla, se debió desde luego a sus ganas de agradar a quien lo protegía y de quien esperaba una intercesión que relanzase su carrera. Y si no lo publicó enseguida, tal vez fuese porque a Temple no le hizo particular gracia el tratamiento satírico del asunto. Ahora bien, lo valioso es que Swift no desaprovechó la excusa coyuntural para compartir su genuina visión del asunto, según la cual los clásicos son voces vivas, vigentes, no materia de escrutinio, sino, de algún modo, contemporáneos. Además, es una exhibición portentosa de su gracia para la mala uva satírica, y un despliegue de estilo descomunal. Y no voy a alargarme ahora hablando de la vigencia de sus ideas e imágenes, porque no es intención de este prólogo sugerir cómo debe leerse la propuesta de Swift en clave actual, pero ¿a qué nos suena en 2025 esa imagen tremebunda del escritor-araña que se nutre de sus propias vísceras y las regurgita para tejer su tela?

Antes de terminar, un apunte sobre la traducción que están a punto de leer y otro sobre la colección que inauguramos en paralelo a *La batalla de los libros*.

Publicar una traducción de Cristóbal Serra es, en cierto modo, publicar un libro del propio Serra. El escritor, uno de los más inclasificables de la segunda mitad del siglo XX en España, no sólo admiraba a Swift, Blake o Melville (por mencionar tres de sus traducciones más reconocidas), sino que, en buena medida, se mimetizaba, cruzaba los estilos de aquellos con el suyo. Carlos Edmundo de Ory se lo dijo en una carta de 1971, hablando de su traducción de *Las encantadas* de Melville: «El libro es asombroso y se ven tus dedos en él». Esto no significa que Serra fuese un irresponsable. Era consciente de las servidumbres del oficio y, de hecho, las sintetizó estupendamente en un ensayito dedicado a su malogrado amigo (y también de Enrique Vila-Matas) Paco Monge: «Siempre será el traducir un peligroso viaje en caballos de desigual carrera, ya que una es la montura del autor y otra la del traductor. La del primero conserva siempre independencia de movimientos, la del segundo no siempre puede moverse a su antojo». Sin embargo, lo cierto es que él nunca escogió las obras que traducía según criterios comerciales, sino que fueron siempre autores y libros que lo fascinaban; eso le permitió acomodar con elegancia los ritmos de esos dos *caballos*. Su versión de *La batalla de los libros* es un ejemplo perfecto, y para nosotros representa un valor muy especial esa acumulación sutil presente en el texto.

Por último, querría recordarle a la lectora o el lector que el libro que tiene entre las manos acompaña el inicio de una Biblioteca de textos *rescatados*, clásicos y modernos, que representa un nuevo sedimento para el catálogo de H&O. El objetivo, y el reto, es armonizar el ritmo de las voces contemporáneas con el de quienes nos precedieron. Como Marc Fumaroli lo dijo tan bien en su momento, repetir sus palabras será el mejor cierre posible: «Se puede ser moderno con los Antiguos, y gracias a los Antiguos».

Palma, 21 de septiembre de 2025

RELATO COMPLETO Y VERÍDICO
DE LA BATALLA LIBRADA EL VIERNES
ÚLTIMO ENTRE LOS LIBROS ANTIGUOS
Y LOS LIBROS MODERNOS
EN LA BIBLIOTECA DE SAINT-JAMES

Jonathan Swift

El siguiente discurso debió de escribirse en
el año 1697, cuando se entabló la famosa
disputa entre el saber antiguo y el moderno.
La controversia surgió con la aparición de
un ensayo de sir William Temple sobre ese
debate, que encontró la réplica de sir W. Wotton, BD, con un Apéndice, obra del Dr. Bentley, que se proponía destruir el predicamento
de Esopo y de Falaris como autores, a quienes sir William Temple había, en el ensayo
antes mencionado, comentado lisonjera-
mente. En aquel apéndice, el doctor critica
con dureza una reciente edición de Falaris,
publicada por el Honorable Charles Boyle
(actualmente conde de Orrery), a la que el
Sr. Boyle replicó extensamente, con gran
erudición y muestras de ingenio; y el doctor

respondió con gran copia de razones. En esta disputa, la ciudad sintióse afrentada al contemplar a una persona del carácter y métodos de sir William Temple tratada tan groseramente por los reverendos señores antes mencionados, y sin que hubiera provocación previa. Al final, no habiéndose puesto término a la querella, nuestro autor nos dice que los libros de la Biblioteca de Saint-James, considerándose partes interesadas en el pleito, se lanzaron a una disputa, y llegaron a una batalla decisiva; pero por el manuscrito, que sufrió las injurias de la fortuna o del tiempo, estando mutilado en varias partes, no podemos saber de qué lado se inclinó la victoria.

Debo advertir al lector que se guarde de aplicar a las personas lo que aquí se da a entender de los libros en el sentido más literal. Así, cuando se menciona a Virgilio, no hemos de ver la persona del famoso poeta llamada con ese nombre, sino ciertas hojas de papel, encuadernadas en cuero, que contienen impresas las obras del susodicho poeta, y lo mismo vale decir del resto.

La sátira es una clase de espejo en que quienes se miran ven reflejado el rostro de todos, menos el suyo; esta es la razón principal por la que halla tan favorable acogida en el mundo, y la razón por la que tan pocos se muestran ofendidos con ella. Mas, si aconteciera lo contrario, el mal no sería grave. La experiencia me enseñó a no temer daño alguno de aquellos entendimientos a los que he podido irritar, ya que la ira y el furor, aunque añaden fuerza a los nervios corporales, relajan los del espíritu y tornan débiles e impotentes todos sus esfuerzos.

Entendimiento hay que no se deja espumar más de una vez; permítase a su dueño que recoja la espuma con discreción y use de la poca que tenga con moderación; pero,

sobre todo, que se guarde de someterla al
sarcasmo de sus superiores, porque esto hará
que burbujee toda en impertinencia, y no
hallará más provisión. El ingenio, desprovis-
to de ciencia, es un género de nata que se
acumula hasta arriba en una noche y que
una mano diestra, batiéndola, puede conver-
tir pronto en espuma; mas, una vez deshecha
la espuma, lo que debajo de ésta queda no es
bueno sino para echar a los puercos.

ENTERA Y VERDADERA NARRACIÓN
DE LA BATALLA REÑIDA EL ÚLTIMO
VIERNES, ETC.

Quienquiera que lea con la debida atención los anales del tiempo[1] echará de ver que la guerra es hija de la soberbia, y la soberbia hija de la riqueza. Admisible es la primera de estas aserciones, pero es más discutible la segunda, pues la soberbia es parienta cercana de la necesidad y la pobreza tanto por la línea paterna como por la línea materna, y algunas veces por ambas a la vez; y, para decirlo llana y sencillamente, rara vez acontece que los hombres luchen entre sí cuando tienen bastante de lo que han de menester: las invasiones viajan generalmente del norte al sur, es

1. Referencia humorística a la *mejor edición* de un almanaque popular que contenía aleluyas sobre signos del Zodíaco. *(Todas las notas son del traductor.)*

decir, de la miseria a la abundancia. Las más antiguas y naturales regiones donde nacen las disputas son la concupiscencia y la avaricia, las cuales, aunque podamos admitir que tienen un vínculo fraternal o colateral con la soberbia, son ciertamente hijas de la inopia. Pues, para hablar del lenguaje de los escritores políticos, se puede observar que la República de los Perros (que en sus orígenes aparece como una organización característica de la multitud) se mantiene siempre en una paz profunda después de una abundante comida, y que las disputas entre ellos no se producen sino cuando acontece que un enorme hueso es la presa de un enorme mastín, que puede que lo reparta entre un corto número y entonces tenemos una oligarquía, como puede que se lo guarde para sí y entonces nos hallamos ante una tiranía. El mismo razonamiento es aplicable todavía a los perros cuando surgen disensiones en el caso en que una turgencia, signo de preñez, aparece en una de sus hembras. Pues, siendo el derecho de posesión común e indivisible en un caso tan delicado, los celos y las sospechas se multiplican en tal escala que toda una calle se declara en estado de guerra general, en el que cada ciudadano pasa a ser el enemigo de los demás. Este estado de cosas no se termina hasta que alguno de más bravura, más decidido en el obrar o más afortunado que los otros, se apodera y goza del botín, lo cual, como es natural, hace que los demás estén poseídos de esa tristeza del bien ajeno que lleva a gruñir contra el can vencedor y venturoso. Lo mismo cabe decir de todas las repúblicas lanzadas a una guerra extranjera, sea una guerra de invasión o defensiva. La indigencia o la penuria, en algún grado u otro (ficticias o reales, lo mismo da), y, por otra parte, la soberbia tienen su parte en los actos del agresor.

Ahora bien, a quien le agrade tomar como dechado esta alegoría y reducirla o acomodarla a las cosas intelectuales, o a la República del Saber, descubrirá muy pronto la causa primera de la desavenencia entre las dos grandes facciones que a la sazón miden las armas, y podrá sacar conclusiones acerca de los fundamentos de ambas causas. Mas las consecuencias de los sucesos de esa guerra no

son tan fáciles de conjeturar, pues la querella presente está tan enconada por el ardor
de las cabezas más alucinadas de cada facción, y las pretensiones de cada una de ellas
son tan desorbitadas, que no se ve la menor
posibilidad de entablar negociaciones. Esta
querella empezó en un principio (como me
ha referido un anciano, que mora en las cer-
canías) a propósito de una pequeña porción
de tierra sita en una de las dos cumbres del
monte Parnaso. La más alta y vasta de las
dos ha estado desde la noche de los tiempos
en pacífica posesión de algunos habitantes
llamados los Antiguos, en tanto que la otra
estaba ocupada por los Modernos. Pero estos, descontentos de tal morada, enviaron
ciertos embajadores a los Antiguos para
quejarse del grave daño que les causaba la
altura de aquella parte del Parnaso, que les
impedía ver el paisaje, sobre todo, hacia el
este;[2] y, por tanto, para evitar una guerra,

2. Según W. Temple, del este nos había llegado la
totalidad del saber. En su *Ensayo sobre el saber anti-*
guo y moderno, se esfuerza en demostrar que la cultura

les ofrecían la opción entre que los Antiguos
tuviesen a bien mudarse, ellos y sus enseres,
a la cima más baja, que los Modernos les ce-
derían graciosamente; o bien que los dichos
Antiguos diesen licencia a los Modernos
para ir con zapapicos y palas a aplanar aquella colina hasta dejarla a la altura que juz-
gasen conveniente. A lo que los Antiguos
respondieron que se habían sorprendido
mucho de semejante mensaje, procedente
de la colonia que había recibido la merced
de su vecindad. Que, en lo tocante a su
cima, ellos eran los primeros y naturales po-
seedores, y, además, hablarles de mudanza o
cesión era lenguaje que no entendían. Que,
por otra parte, si la altura de su colina podía
reducir la perspectiva de los Modernos, esta
desventaja quedaba ampliamente compen-
sada por el abrigo y la sombra que la cima
superior aseguraba a estos últimos. En cuanto a la idea de querer aplanar o rebajar su
cima a golpes de pico, ellos no veían en ello

siempre ha progresado hacia el oeste, procedente de
Caldea, luego de Egipto, etc.

más que una loca extravagancia o una ignorancia total, dado que el lado de la colina
del cual se trataba era todo de roca, una roca
que destruiría sus herramientas y sus áni-
mos, sin sufrir desperfecto alguno. Que, en
fin, aconsejarían a los Modernos que dieran
mayor altura a su propio lado de la colina,
antes de soñar en destruir la de los Antiguos; que, en este caso, ellos mismos apor-
tarían su ayuda a los Modernos, una ayuda
muy eficaz aparte de su autorización. Pero
todo esto fue rechazado con indignación
por los Modernos, quienes siguieron insis-
tiendo en que fuese aceptada una de sus dos
soluciones propuestas.

Y es así que de estas diferencias surgió y
estalló una larga y porfiada guerra, que una
de las partes sostenía con el coraje y la reso-
lución de algunos caudillos aliados; y la otra,
con gente continuamente para cubrir las bajas habidas en todas las batallas perdidas. En
esta querella se gastaron arroyos enteros de
tinta, y la virulencia de las dos facciones se
fue exacerbando. Ahora bien, no olvidemos
que la tinta es, en todas las batallas entre

sabios, la poderosa arma arrojadiza que se tira con una suerte de ingenio al que dan el nombre de *pluma*; estas plumas las lanzan sobre el enemigo, con igual destreza y fuerza, y en número infinito, los valientes guerreros de ambos campos, igual que si se tratara de un combate de puercoespines. Este líquido maligno fue compuesto por el ingenio que lo inventó de dos ingredientes, que son la hiel y la caparrosa, ambos venenosos y de sabor amargo, convenientes hasta cierto punto para fomentar el genio de los combatientes. Y así como los griegos, tras una batalla, cuando no podían ponerse de acuerdo acerca de quién había alcanzado la victoria, tenían la costumbre de erigir trofeos de los dos lados, sintiéndose la facción vencida feliz al hacer los mismos gastos que los vencedores para mantenerse en forma y sostener su valor (antigua y loable costumbre, renovada recientemente en el arte de la guerra),[3] así los

3. Los católicos celebraban el aniversario de la batalla de la Boyne, librada en 1690, como si se tratara de una victoria. Quizá sea de ellos que Swift se burla aquí.

sabios, después de una discusión viva y encarnizada, exhiben sus trofeos en uno y otro
campo.

Tales trofeos llevan en gruesos caracteres
los méritos de las proezas llevadas a cabo por
aquellos que los ganaron, una completa e imparcial descripción de tal o cual batalla, y
cómo la victoria se puso del lado del ejército
que se erigió en vencedor. El mundo entero
los conoce por varios nombres, como son:
disputas, argumentos, consideraciones breves,
respuestas, réplicas, observaciones, objeciones, refutaciones. Durante días seguidos, para
que los vean los transeúntes, son en todas las
plazas públicas expuestos, ya sea por ellos, ya
sea por sus representantes.[4] Luego, la mayoría
van a los almacenes que llaman bibliotecas,
en donde son guardados en una sala dispuesta
para ellos, y desde entonces empiezan a ser
llamados «libros de controversia».

En estos libros se halla prodigiosamente
infusa y conservada el alma de cada guerrero

---

4. Con ello quiere significar Swift las portadas o ca-
rátulas de los libros.

mientras este vive; después de su muerte, su alma se traslada por transmigración allí para animarlos e informarles. Esta, al menos, es la opinión más común; pero yo creo que en las bibliotecas ocurre lo que en los demás cementerios, de los cuales algunos filósofos afirman que cierto espíritu, que ellos llaman *Brutum hominis*, está suspenso sobre el monumento hasta que el cuerpo se corrompe y se convierte en polvo y gusanos, se deshace o desvanece y queda en nada. Por esto podríamos decir que un espíritu inquieto ronda cada libro hasta que el polvo o los gusanos se han adueñado del mismo, lo que a algunos puede sucederles en pocos días y a otros tras haber transcurrido largo tiempo. Y este es el porqué los libros de controversia, por ser más frecuentados que los demás por los espíritus más turbulentos, han estado siempre encerrados en lugar separado del resto y, por miedo a las mutuas violencias que puedan surgir entre estos libros, nuestros antepasados juzgaron prudente forzar estos últimos libros a la paz inmovilizándolos por medio de fuertes cadenas de hierro.

Este invento fue sugerido por el hecho siguiente: cuando salieron a la luz por primera vez las obras de Duns Scoto fueron llevadas a cierta biblioteca donde se les otorgó un lugar especial; mas este autor, no bien hubo sido alojado, se fue a visitar a su maestro Aristóteles, y allí ambos acordaron apoderarse por la fuerza de las obras de Platón y eliminarlas del lugar que habían ocupado hasta entonces entre los teólogos, donde habían permanecido tranquilamente cerca de ochocientos años. La intentona tuvo éxito, y los dos usurpadores reinan desde entonces en el lugar del gran filósofo. Pero con el fin de mantener la paz en lo venidero, se decretó que todas las polémicas de gran formato en lo sucesivo serían encadenadas.

Gracias a este procedimiento, habría sido preservada la paz pública de las bibliotecas, de no haber aparecido, pocos años ha, una nueva especie de libros de controversia, penetrados de un espíritu ciertamente maligno, desde la guerra susodicha, que había de manifestarse entre los sabios a propósito de la cima más elevada del Parnaso.

Cuando estos últimos libros fueron admitidos por primera vez en las bibliotecas públicas, me acuerdo que dije en aquella ocasión a algunas personas que se mostraban inquietas, que estaba seguro de que engendrarían graves disensiones adondequiera que viniesen, a menos que se tomasen infinitas precauciones; y aconsejé, en consecuencia, que fuesen puestos juntos los campeones de cada bando, o que se les mezclase de tal modo que, como la mezcla de venenos contrapuestos, pudiese ser empleada su malignidad en sus propias filas. Y, a lo que parece, no fui mal profeta ni mal consejero, pues no fue sino el descuido en tomar esta precaución lo que provocó la terrible batalla que tuvo lugar el viernes pasado entre los libros antiguos y modernos en la Biblioteca Real.[5] Ahora bien, dado que aún son recientes las habladurías ocasionadas por la batalla, y

5. La Biblioteca Real de St. James Palace. Bentley había sido nombrado bibliotecario en diciembre de 1693. El 12 de abril de 1694 recibía el cargo de conservador de todas las bibliotecas reales.

dado que es muy grande el deseo de la ciudad de ser informada minuciosamente, yo, que creo reunir las facultades que se exigen al historiador y tengo independencia total respecto a uno y otro bando, he resuelto ceder a las urgentes instancias de mis amigos, poniendo por escrito una relación completa e imparcial de la misma.

El guardián de la Biblioteca Real, persona de gran valía, pero sobre todo afamado por su humanidad, se reveló como un temible campeón de los Modernos, y, durante una batalla por el Parnaso, había jurado que sólo él con sus propias manos abatiría a dos de los caudillos de los Antiguos, los cuales defendían un angosto desfiladero en la peña más alta. Pero, en su esfuerzo por alcanzar la cima, fue impedido cruelmente por su propio peso y por su propensión a acercarse al centro alrededor del cual se movía, particularidad muy frecuente en los Modernos que, siendo ligeros de cascos, tienen una prodigiosa agilidad para la especulación, y no conciben que pueda haber algo, por alto que sea, a lo que ellos no puedan subir.

Mas, al querer ponerlo en práctica, se dan cuenta de que una fuerza poderosa obra en sus traseros y talones. El desengañado campeón, malogrado su intento, incubó un terrible rencor contra los Antiguos, que alimentó prodigando sus preferencias a los libros de sus adversarios, alojándolos en las salas más hermosas, al propio tiempo que enterró vivos en un rincón oscuro los libros que habían tenido la osadía de confesar que eran defensores de los Antiguos, amenazándoles por la menor incorrección con una expulsión pura y simple. Además, ocurrió que, por aquel tiempo, se produjo una vasta y general confusión en la colocación o disposición de los libros de la biblioteca, de la que se dieron explicaciones diversas. Algunos lo atribuyeron a un gran montón de polvo sabio que el soplo de un viento perverso se llevó de uno de los estantes en que había Modernos para arrojarlo a los ojos del guardián. Otros aseguraron que a este le agradaba arrancar gusanos de los infolios de la Escolástica y tragárselos vivos cuando él estaba en ayunas; así es que algunos se dieron un festín en su bazo y otros se le subieron a la cabeza con muchísima molestia para ambos órganos. Y, por último, otros sostenían que se le había ido de la memoria la situación de la biblioteca de tanto andar por ella a oscuras, lo que le hacía cometer errores cuando quería volver a colocar los libros en su sitio, como el de poner a Descartes junto a Aristóteles; al pobre Platón le pusieron entre Hobbes y los Siete Sabios, Virgilio tenía a un lado a Dryden y al otro a Wither.[6]

Entretanto, los libros que abogaban en favor de los Modernos eligieron a uno de ellos para que recorriese y explorase la biblioteca para enterarse de cuán numerosas eran las fuerzas del otro bando, a fin de acordar lo más conveniente. Este mensajero cumplió todas estas misiones con el mayor celo, y trajo consigo una lista que contenía la enumeración de todas sus fuerzas, que sumaban en total cincuenta mil, que se

6. George Whiter (1588-1667), un poetastro rehabilitado en el siglo XX, por Charles Lamb pero ridiculizado por Pope en *La Dunciada*.

componían de caballería ligera, de infantes provistos de armas pesadas y mercenarios. Los de a pie estaban en general mal armados y peor vestidos; los de a caballo eran recios, pero estaban en baja forma y más bien asmáticos; sin embargo, algunos que habían frecuentado a los Antiguos se encontraban en bastante buen estado y adecuadamente equipados.

Mientras las cosas se hallaban en esta situación, la discordia se agravó pasando a ser un peligro; cruzábanse entre ambos bandos dichos injuriosos, e iba creciendo el rencor. Uno de los Antiguos, comprimido fuertemente por todo un estante de Modernos, brindóse a defender con equidad el caso y demostrar con razones evidentes que el derecho prioritario a la posesión a ellos pertenecía, por el largo tiempo que venían ocupándola y, sobre todo, por sus grandes méritos, por su superioridad sobre los Modernos. Pero estos negaron sus aserciones y se mostraron muy admirados de que los Antiguos pretendiesen insistir en tal antigüedad, pues bien mirado estaba claro que los Modernos eran los más antiguos[7] de los dos. En cuanto a las obligaciones que habían contraído con los Antiguos, las negaban rotundamente.

—Es verdad —decían ellos— que se nos ha señalado que ciertos miembros, poco numerosos, de nuestro partido han dado pruebas de escaso pudor tomando de vosotros lo que habían menester para su sustento; pero el resto, que son los más, (y especialmente nosotros, franceses e ingleses) estábamos tan lejos de querer humillarnos imitando tan vil ejemplo que, hasta este mismísimo momento, jamás han mediado palabras con vosotros. Y esto porque a nuestros caballos los criamos nosotros, porque nosotros nos fabricamos las armas, porque nos cortamos y cosemos las ropas.

Platón que, por azar, se hallaba sobre el estante contiguo, al ver que los que hablaban

7. Según la paradoja moderna era así. Esta paradoja consistía en ver a la humanidad como un ser vivo, del cual los Antiguos habían representado la infancia, y del cual la generación de los Modernos era la edad madura.

iban tan andrajosamente vestidos, que sus rocines estaban flacos, carcomidas sus armas de palo y mohosa la armadura, rióse a carcajadas, y en forma jovial exclamó con un juramento:

—Por Dios, que no puedo creerles.

Ahora bien, los Modernos no habían obrado en su última negociación con bastante secreto como para escapar a la observación del enemigo. En efecto, estos abogados, que habían empezado la querella haciendo hincapié en la disputa por la precedencia y la superioridad, hablaban con tan recia voz de llegar a un combate que Temple por azar los oyó y de ello dio inmediatamente noticia a los Antiguos, los cuales reunieron sus desperdigadas tropas y resolvieron ponerse a la defensiva; por causa de ello, algunos de los Modernos se pasaron al bando enemigo, entre ellos, el propio Temple. Este Temple, que habíase criado entre los Antiguos y tenido trato con ellos por largo tiempo, era, de todos los Modernos, el predilecto de aquellos, por lo que convirtióse en su más grande campeón.

Las cosas se hallaban en este estado críti-
co, cuando ocurrió un grave suceso. En lo
alto de un ángulo de una ancha ventana moraba una araña, hinchada a punto de reventar por haber devorado infinidad de moscas,
cuyos despojos yacían ante la puerta de su
alcázar, como huesos humanos ante el antro
de un ogro. Las vías que llevaban al castillo
estaban defendidas con caballos de frisa y
con empalizadas, todo con arreglo al estilo de
fortificación de los Modernos.[8] Tras haber
cruzado muchos patios, llegabais al centro,
en donde podíais contemplar la alcaldesa en
persona, en sus aposentos, que tenían ventanas que daban a todas las vías, para atacar o
defenderse. En esa mansión había vivido por
algún tiempo en paz y en la abundancia, sin
correr el riesgo de que la comieran las golon-
drinas del cielo ni de ser muerta a escobazos
en el suelo. Quiso entonces la suerte que una
abeja errabunda reparase en que una de las

8. El arte de la fortificación era, según Perrault, uno
de los puntos en los cuales los Modernos sobrepasa-
ban a los Antiguos.

ventanas tenía un cristal roto, y, picada por la curiosidad, entró por allí. Un rato estuvo retozando, hasta que acabó por posarse en uno de los muros exteriores de la fortaleza de la araña, sobre el cual, abandonada a su propio peso, dio en tierra y, por más que intentó tres veces subir, otras tantas no pudo. La araña, desde adentro, como si sintiera el horrísono ruido de la caída, que hizo temblar la fortaleza, imaginó al principio que la naturaleza se acercaba a su destrucción final, o que Belcebú, con todas sus legiones, había venido a vengar la muerte de millares de vasallos suyos, a quienes su enemigo había quitado la vida y devorado. Sin embargo, ella decidió salir y afrontar la situación. Durante este tiempo la abeja había logrado deshacerse de todos los estorbos y, puesta a buen recaudo a alguna distancia, se ocupaba en limpiarse las alas quitándoles los restos de tela hecha jirones que en ellas quedaban. En aquel momento la araña se aventuró a salir y, viendo los estragos hechos en su fortaleza, poco le faltó para perder el juicio; echó pestes, juró como una loca y se hinchó de cólera casi a punto de reventar. Al fin, lanzó a la abeja una mirada furibunda, y, maliciándose la causa del suceso, pues se conocían de vista, dijo:

—¡Mala peste te lleve, hija de mala madre! Eres tú, no vayas a decirme lo contrario, la que has sembrado la confusión. ¿No podrías mirar delante de ti, e irte al diablo? ¿Crees que no tengo otro quehacer que arreglar lo que tú descompusiste? ¿No tienes ojos en la cara?

—¡Amiga, la lengua ten! —respondió la abeja (que acababa de acicalarse y se sentía inclinada a la chanza)—, te doy mi palabra de que no volveré nunca más a acercarme aquí. ¡Jamás había ido tan mal ataviada desde que nací!

—Bribona —replicó la araña—, si no fuera por el miedo a infringir la vieja costumbre de familia de no salir jamás de casa para perseguir al enemigo, ¡saldría para enseñarte a vivir!

—Te ruego que tengas paciencia —repuso la abeja— si no quieres perder tu gordura, pues, por lo que veo, la habrás menester para restaurar tu casa.

—Grandísima bribona —repuso la araña—, deberías tener más respeto para quien el mundo entero reconoce como perteneciente a una clase distinta de la tuya.

—A fe mía —replicó la abeja—, ya me explicarás esa broma indicándome la razón que el mundo entero invoca para sostener tan interesante punto de vista.

Al oír estas palabras, la araña, hinchándose hasta alcanzar el volumen y la actitud de la disputante, comenzó su argumentación con verdadero ánimo de controversia, dispuesta a prorrumpir injurias y palabras airadas, a mantener sus razones sin hacer maldito caso de las réplicas ni objeciones de su contrincante, enteramente predispuesta a no dejarse convencer.

—A fin de no desacreditarme —dijo— por una comparación con semejante bribona, ¿qué eres tú, pues, (te pregunto) sino una vagabunda sin casa ni patria, sin hacienda ni herencia? Has nacido sin más patrimonio que un par de alas y un órgano para zumbar. Tus recursos se reducen al despojo de la naturaleza, al merodeo en campos y jardines, y por el placer de robar no tienes empacho en despojar lo mismo a una ortiga que a una violeta. Por el contrario, yo soy un animal doméstico que guardo dentro de mí abundantes provisiones. Este vasto castillo (para mostrar mi saber en matemáticas)[9] ha sido construido con mis propias patas y con materiales sacados de mi cuerpo.

—Estoy contenta —declaró la abeja— de oírte por lo menos admitir que he venido honradamente con mis alas y con mi voz, pues de esa manera no soy deudora sino al cielo de mis vuelos y de mi música. La Providencia jamás me hubiese concedido estos dos dones si no los hubiese destinado a cumplir fines altos y nobles. Cierto es que visito todos los capullos y flores de campos y jardines;

9. Alusión a un argumento empleado por W. Temple para probar que las matemáticas modernas no dejaban atrás a las de la Antigüedad: la perfección de la arquitectura antigua demuestra bastante que los Antiguos eran matemáticos eminentes. Swift permanecerá fiel toda su vida a esta opinión, y Gulliver recoge la distinción entre matemáticas puras y matemáticas aplicadas.

mas cuanto de ellos libo me enriquece sin causar daño en su hermosura, su aroma o su sabor. En cuanto a tus conocimientos de arquitectura y otras matemáticas, poco tengo que decir: en esta obra tuya, por lo que puedo rastrear, puede que se hayan empleado trabajo y método bastantes, pero como la dura experiencia nos enseña, el material no vale nada y espero que a partir de ahora en adelante tengas en cuenta tanto la utilidad de la duración como la del método y del arte. Te jactas de no estar obligada a nadie y de sacarlo todo de ti misma, por lo que sabes de dibujo y de hilar, quiero decir que, si se ha de juzgar del licor contenido en la copa por lo que de esta sale, tú tienes un depósito de fiemo y veneno en tu pecho y, aunque esté lejos de mi ánimo menospreciar las provisiones que de ambas cosas tienes, dudo de que no estés algo obligada, para acrecentarlas, a valerte de alguna ayuda ajena. La parte de porquería inherente a tu constitución no deja de beneficiarse de las heces que fabrica tu parte inferior, y cada insecto se provee de la parte de veneno necesaria para matar a otro. Así es que, en suma, la cuestión se reduce a esto: saber quién es el ser más noble de los dos, el que, perezoso, contempla lo que abarcan cuatro pulgadas a la redonda, pero que con altanera vanidad, alimentándose y engendrando en sí mismo, lo convierte todo en excrementos y veneno, no sirviendo para otra cosa como no sea para matar moscas y producir una tela de araña, o bien el que, en un dominio inmenso, tras una larga búsqueda, mucho estudio, buen juicio y sabiendo distinguir las cosas, lleva a la colmena cera y miel.

Esta disputa fue sostenida con tanta vehemencia, tanta grita y tanto ardor, que los dos bandos de libros en armas que abajo estaban permanecieron un buen rato callados, esperando ansiosos en qué pararía aquello, lo que no tardó en quedar resuelto, pues, la abeja, agotada su paciencia por tanta pérdida de tiempo, de repente echó a volar en derechura a un macizo de rosas sin aguardar la respuesta, dejando a la araña cual si fuese un orador que se recobrase y se dispusiera a estallar.

Aconteció entonces que Esopo rompió el silencio. Poco tiempo antes había sido brutalmente maltratado por un extraño efecto de la humanidad del bibliotecario,[10] quien había roto la portada, estropeado la mitad de sus páginas y lo había encadenado fuertemente entre los que ocupaban un estante de Modernos. Presintiendo que iba a ser muy encarnizada la continuación de la querella, valióse de todas sus artes para metamorfosearse de mil maneras. Al final, adoptó la forma de asno, por lo que el bibliotecario, al verle, lo confundió con un Moderno, lo cual le dio el tiempo y la ocasión para escaparse a las filas de los Antiguos, justamente en el momento en que la abeja y la araña iban a comenzar a enzarzarse en su disputa; prestó gozosamente atención a ella y, cuando hubo terminado, juró a voces que en su vida había conocido dos casos tan iguales y que tanto se adaptasen el uno al otro como

10. Bentley, bibliotecario real, había pretendido demostrar que las fábulas de Esopo eran en realidad de Maximus Planudes. Negaba así la antigüedad de Esopo y la autenticidad de las fábulas que la tradición siempre a él adjudicó.

el defendido en la ventana y el de los estantes de libros.

«Los disputantes han expuesto admirablemente su causa, han dado plena fuerza a cuanto han dicho, y apurado la sustancia de todos y cada uno de los argumentos en pro y en contra. No es sino para ajustar los razonamientos de ambos oradores a la presente querella y comparar esfuerzos y resultados de cada uno de ellos, tal como la abeja los ha sabiamente deducido, que yo tomo la palabra, y entonces nosotros veremos despejada clara y firmemente la conclusión con respecto a los Modernos y con respecto a nosotros mismos. Decidme, os lo ruego, si ha habido algo tan moderno como la araña con sus aires, sus modos de hablar y sus paradojas. Arguye en favor vuestro, los Modernos, que sois sus hermanos, y mucho blasona de su raza natal y del genio de su nación, mostrando cómo hila y arroja lo que dentro de sí tiene, cómo no debe gratitud alguna a ningún otro ser creado, ni de ninguno necesita ayuda. Os muestra su gran habilidad en arquitectura y sus adelantos en matemáticas. A todo esto, la abeja, como abogada de nosotros, los Antiguos, juzga conveniente responder que, si hubiera de juzgarse del grande ingenio o de las invenciones de los Modernos por lo que estos han producido, a duras penas podríais oír y sufrir sus jactancias sin que se sonrojase vuestro rostro. Trazad vuestros planos con tanto método y destreza como os plazca; mas, si los materiales no son sino excremento que sale de vuestras entrañas (que son los intestinos de la ciencia moderna), el edificio acabará por ser telaraña y su duración, como la de todas las telas que fabrican las arañas, no puede atribuirse sino al olvido de que es objeto, o al descuido, o al hecho de que se ocultan en un rincón. Pues no recuerdo que los Modernos puedan pretender de algo propio como no sea una larga lista de zipizapes y de sátiras, que tienen mucho de la naturaleza y sustancia de la ponzoña de la araña; la cual, aunque afirman que sale integralmente de sus cuerpos, se enriquece y se perfecciona con los mismos métodos, gracias a su régimen alimenticio a base de insectos y gusanos del siglo. Por lo que a nosotros se refiere, los Antiguos, nos contentamos, como la abeja, con saber que no tenemos nada propio, salvo nuestras alas y nuestra voz, o sea, nuestros vuelos y nuestro lenguaje. Por lo demás, lo que poseemos lo hemos logrado con mucho trabajo, con no poca investigación y con una exploración por toda la naturaleza. La diferencia está en que, para llenar nuestras colmenas, hemos escogido, en vez de basura y veneno, miel y cera, proveyendo así el género humano de dos cosas nobilísimas, un alimento delicioso y la luz».

Es casi imposible imaginar el alboroto que se armó entre los libros luego que Esopo hubo acabado su disertación. Ambos bandos se dieron por aludidos, encareciendo aún más y redoblando su animosidad de un modo tan repentino que determinaron empezar una nueva batalla. En seguida los dos cuerpos de tropas se retiraron, bajo sus enseñas, a los lugares más apartados de la biblioteca, y allí se pusieron a hacer cábalas y consultas sobre las medidas más urgentes que habían de tomar. Los Modernos sostuvieron acalorados debates acerca de la elección de sus caudillos, y tan solo el miedo que les infundía la amenaza de los enemigos les hacía desistir de alzarse en motines en aquella ocasión. Fue en la caballería que hubo las rivalidades más apasionadas, porque un soldado raso cualquiera pretendía para sí el mando supremo, desde Tasso y Milton a Dryden y Withers. La caballería ligera[11] estaba bajo las órdenes de Cowley y de Despréaux. Luego venían los arqueros[12] bajo el mando valeroso de Descartes, Gassendi y Hobbes, los cuales tenían tanta fuerza que podían arrojar las flechas hasta más allá del aire, sin que nunca volviesen a caer, pues, como las de Evandro, se convertían en meteoros, o, cual balas de cañón, se tornaban estrellas. Paracelso[13] trajo

11. Los poetas. Sus jefes no están aquí aludidos con una intención satírica. Cowley había sido la gran admiración de Swift.

12. Los filósofos.

13. Se refiere a los discípulos de Paracelso (de origen suizo) que se entregaban a las experiencias de la química.

un escuadrón de tiradores de granadas féti-
das, oriundos de las montañas nevadas de
la Retia. Luego un nutrido cuerpo de dragones de varias naciones, que a Harvey tenía por capitán, su gran Agá, parte de ellos
armados de guadañas, armas mortíferas;
parte, de lanzas y cuchillos largos, untados
de veneno; parte, de balas de muy maligna
índole, y que usaban pólvora blanca, la cual
mataba infaliblemente y sin dar estampido.
A continuación venían algunos cuerpos
provistos de armas pesadas, mercenarios[14]
todos, bajo las enseñas de Guicciardini, Davila, Polidoro Virgilio, Buchanan, Mariana, Camden y otros más. Los zapadores del

14. Los historiadores: Francesco Guicciardini (1484-
1540), autor de *la Historia de Italia*; Enrico Davila
(1576-1631) autor de la *Historia de la guerra civil en
Francia*; Polidoro Virgilio (1470-1555), italiano re-
sidente en Inglaterra, autor de la *Historia de Inglaterra en veintisiete libros*; George Buchanan (1506-
1582), célebre erudito escocés; Juan de Mariana
(1537-1624), autor de la conocida *Historia de España*; William Camden (1551-1623), historiador y
arqueólogo inglés.

Genio[15] estaban bajo las órdenes de Regio-
montano y Wilkins. El resto lo formaba una
confusa multitud bajo el mando de Duns Es-
coto, Tomás de Aquino y Belarmino, todos
ellos de elevada estatura y recios de cuerpo, si
bien carentes de armas, coraje o disciplina.
En último lugar, venía una numerosa caterva
de *calones*,[16] gente alborotadora y desordena-
da, guiada por L'Estrange, pícaros y pelafus-
tanes, que recorren el campo no más que
para robar y saquear, y no tienen ropa con
que taparse.

---

15. Los matemáticos: Regiomontanus, apellido latino
de Johann Müller (1436-1476), astrónomo nacido en
Koenigsberg; John Wilkins (1614-1672), obispo de
Chester y fundador con Boyle de la Royal Society,
que será una de las animadversiones de Swift.

16. Se trata de panfletos que no están encuaderna-
dos, ni siquiera en rústica. *Calones* es la palabra latina
que designa a los esclavos, guardaespaldas y mozos
de literas. Llamándoles *calones*, el autor manifiesta
tanto su sátira como su desprecio hacia toda suerte
de malos escritores mercenarios, que escriben lo que
les mandan los caudillos y los defensores de la sedi-
ción, la facción y la corrupción.

El ejército de los Antiguos era mucho menos numeroso. Homero mandaba la caballería y Píndaro la caballería ligera; Euclides, los ingenieros; Platón y Aristóteles, los arqueros; Heródoto y Livio, los infantes; Hipócrates, los dragones. Conducían a los aliados y formaban la retaguardia Temple y Vosio.[17]

Como todas las cosas tendían violentamente hacia una batalla decisiva, la Fama, que frecuentaba mucho la Biblioteca Real y en esta tenía, de antiguo, una vasta sala para ella dispuesta, voló en derechura a Júpiter y le hizo fiel relación de cuanto estaba sucediendo allá abajo entre ambos bandos (pues, entre los dioses, dice siempre la verdad). Júpiter, por demás inquieto, llamó a sus consejeros para que se reunieran en la Vía Láctea. Una vez reunido el Senado, él anuncia lo que le ha llevado a convocarlo: una batalla sangrienta acaba de declararse entre los dos poderosos ejércitos de las criaturas

17. Isaac Vos (1618-1689), de quien Swift había leído en 1689 el libro *De Sibyllinis*.

antiguas y modernas, llamadas libros y cuya suerte tocaba de cerca los intereses celestes. Momo,[18] patrono de los Modernos, pronunció un elocuente y excelente discurso en favor de estos, al que contestó Palas, defensora de los Antiguos. Como la asamblea estuviera dividida en sus simpatías, Júpiter mandó que le trajesen el libro del Destino. Mercurio le trajo en seguida tres grandes volúmenes infolio, los cuales contenían memoria de todo lo pasado, presente y venidero; los cierres eran de plata cubierta con una capa de oro, las tapas eran de cuero de color azul celeste y el papel de una materia que, aquí en la tierra, casi hubiese podido pasar por pergamino muy fino y pulido. Júpiter, tras leer en silencio el decreto, a ninguno quiso comunicar el contenido, y cerró el libro.

A las puertas de esta asamblea, fuera estaba aguardando un inaudito número de ágiles y ligeros diosecillos, servidores de Júpiter,

18. Momo es llamado a presidir los Modernos, como dios que es de la risa, y probablemente a causa de la pretendida superioridad de ellos en obras de humor.

que estaban ojo avizor: son los activos intermediarios de todos los negocios de acá abajo. Viajan en caravana, más o menos juntos, atados unos a otros, como cuerda de galeotes, con una cadena no muy recia que va de ellos al dedo gordo del pie de Júpiter, los cuales, si han de recibir o entregar un mensaje, no pueden acercarse más allá de la grada inferior de su trono, en donde él y ellos hablan, musitándose al oído lo que dicen, a través de un tronco de árbol largo y hueco. Los mortales llaman a estos dioses Accidentes o Acontecimientos, pero los dioses los llaman Causas Segundas. Júpiter entregó su mensaje a algunas de estas deidades, las cuales, inmediatamente, volaron hacia abajo para el pináculo de la Biblioteca Real, y, tras consultarse por el espacio de unos minutos, entraron, sin ser vistas, y dispusieron los bandos con arreglo a las órdenes que les habían dado.

Entretanto, Momo, recelando lo peor y trayendo a la memoria una antigua profecía que no contenía nada halagüeño para sus hijos, los Modernos, enderezó su vuelo a la región de una diosa maligna, llamada Crítica. Esta moraba en la cumbre de una montaña nevada de Nueva Zelanda, y fue allí que Momo la halló en su antro, tendida sobre los restos de numerosos volúmenes, medio devorados. A su diestra estaba sentada Ignorancia, su padre y esposo, ciego por la edad; a su izquierda, Soberbia, su madre, que se vestía de pedazos de papel que había roto. Estaba presente su hermana Opinión, la de los pies ligeros, la de los ojos vendados, testaruda, aunque veleidosa. Junto a ella jugaban sus hijos, Escándalo, Atrevimiento, Estupidez, Vanidad de tono decisivo, Pedantería y Malos Modales. La diosa tenía uñas como el gato; la cabeza, las orejas y la voz, semejantes a las del asno; los dientes salidos; los ojos vueltos hacia dentro, como si solamente mirase hacia sí misma; se sustentaba de su propia hiel, que era superabundante; el bazo lo tenía tan hipertrofiado que sobresalía como una ubre muy grande, y no le faltaban excrecencias en forma de pezones de los que chupaban vorazmente muchísimos monstruos horrorosamente asquerosos y feos, y lo maravilloso es que la cantidad de hiel más crecía que no menguaba con la succión.

—Diosa —dijo Momo—, ¿cómo podéis estaros aquí sin hacer nada, en tanto que nuestros férvidos adoradores, los Modernos, están riñendo terrible batalla y acaso yacen bajo las espadas de sus enemigos? ¿Quién en adelante ofrendará sacrificios o erigirá altares a nuestras divinidades? Apresuraos, pues, a partir para la isla de Bretaña, a fin de evitar, si es posible, que sean destrozados. Yo, mientras tanto, suscitaré facciones entre los dioses para aportar ayuda a nuestro bando.

Momo, tras hablar así, no se quedó a esperar respuesta, sino que dejó a la diosa entregada a su propio resentimiento. Entróle a esta un arrebato de ira, y, como suele suceder en tales circunstancias, comenzó este soliloquio:

—Soy yo —dijo ella—, quien doy luces a los niños y a los idiotas. A causa de mi intervención los niños salen más sabios que sus padres, los pisaverdes llegan a ser repúblicos y los escolares, jueces de filosofía. Gracias a mí, los sofistas disertan y sacan conclusiones en los debates más profundos sobre los fundamentos del saber; inspirados en mí, los ingenios que tienen sus tertulias en los sitios públicos en que se vende y toma café pueden enmendar el estilo de un autor y señalar sus más leves yerros, sin entender siquiera una sola sílaba del asunto de que tratan. A mí se debe que los mozalbetes gasten su juicio, como gastan la herencia paterna antes de haberla heredado. Soy yo quien ha alejado al ingenio y saber del imperio que ejercían sobre la poesía, y quien me he instalado en su lugar. Y ¿osarán algunos arribistas antiguos oponerse a mis designios? Mas venid, ancianos padres míos, y vosotros, mis amados hijos, y tú, hermosa hermana mía. Subamos a mi carro y corramos a dar auxilio a nuestros devotos Modernos, que ahora nos están ofrendando una hecatombe, pues estoy percibiendo un grato aroma que de allí sube a las ventanas de mi nariz.

La diosa y su cortejo, luego que hubieron subido al carro, del que tiraban gansos amaestrados, volaron sobre inmensas regiones arrojando su influjo a los lugares debidos, hasta que, al fin, llegó a su amada isla de Bretaña; pero, mientras estuvo suspendida sobre la metrópoli, ¿qué bendiciones no dejó caer la diosa sobre los Seminarios de Gresham y de Covent Garden?[19] Y ahora ella llegaba a la fatal llanura de la Biblioteca de St. James en el momento en que los dos ejércitos estaban a punto de acometerse. Entrando con todo su cortejo, sin ser vista, se detuvo en un estante entonces desierto, el cual, en otro tiempo, había estado ocupado por una colonia de virtuosos, y estuvo un rato observando la posición de ambos ejércitos.

Allí ocupó su mente y conmovió su corazón el tierno amor de madre, pues, a la cabeza de los arqueros del ejército de los Modernos, vio a su hijo Wotton, a quien las Parcas habían concedido un hilo muy corto. Wotton, joven héroe, fue engendrado por padre desconocido y pertenecía a la raza de los mortales, fruto de los abrazos que había

19. Dirección del Café Will.

dado, a escondidas, a esa diosa. Era el niño mimado de su madre, el que más gracia había encontrado en sus ojos, y ella, por eso, resolvió ir a alentarle. Pero, en primer lugar, siguiendo una antigua buena costumbre de los dioses, determinó metamorfosearse, por miedo a que la divinidad de sus rasgos no pudiese deslumbrar los ojos mortales de su hijo y enajenar sus restantes sentidos. Por tanto, redujo toda su persona a las dimensiones de un volumen en octavo; su cuerpo tornóse blanco y de árida apariencia, y la sequedad lo hizo pedazos, de los que los más gruesos se convirtieron en cartón y los delgados en papel, y sobre este sus padres e hijos vertieron un jugo negro o decocción de bilis y hollín en forma de letras; la cabeza, la voz y el bazo siguieron conservando sus formas primitivas; y lo que antes fue tapas de piel, continuó siendo lo mismo. De este modo, se encaminó hacia los Modernos, imposible de reconocer por su vestido y silueta, tanto por el divino Bentley como por Wotton, que sentía hacia el primero la más profunda amistad.

—Valeroso Wotton —dijo la diosa—, ¿por qué nuestras tropas están aquí ociosas gastando sus energías y desperdiciando la ocasión que el día brinda? Partamos, apresurémonos a ir donde están los generales para aconsejarles que se pongan en seguida a ordenar el asalto.

Dicho esto, tomó el más feo de sus monstruos ahíto de la hiel de ella, y lo arrojó invisiblemente a la boca de su hijo, y desde allí, volando derechamente a la cabeza de Wotton, hizo salir de las órbitas los globos de los ojos, lo que le hizo bizquear y medio le trastornó el juicio. Entonces, secretamente, ordenó a dos de sus amados hijos, la Estupidez y los Malos Modales, que cuidasen de él en todos los combates. Después de armarle así, desapareció en la niebla, y el héroe conoció que era la diosa, su madre.

Llegó la hora señalada por el Hado y empezó la batalla. Pero aquí, antes de atreverme a narrarla circunstancialmente, debo, imitando el ejemplo de otros autores, pedir cien lenguas, bocas, manos y plumas, que aún serán pocas para llevar a cabo obra tan

inmensa. Dime, diosa, que presides el quehacer de la historia, ¿quién fue el primero en
pisar el campo de batalla? Paracelso, a la cabeza de sus dragones, viendo a Galeno en el
ala enemiga, asestóle con toda su fuerza un
tiro de jabalina. El valeroso Antiguo lo reci-
bió en su escudo, quebrándose la punta en
él ....
.... *(Hic pauca*
....*desunt.)*
Llevaron a su Agá herido[20] sobre escudos
hasta su carro ....
....

Entonces, Aristóteles, viendo que Bacon
adelantaba con semblante iracundo, llevóse
el arco a la altura de la cabeza y soltó la fle-
cha, que no dio en el valiente Moderno, sino
que pasó silbando por encima de su testa.
Pero hirió a Descartes; pues la férrea punta
halló pronto un defecto que tenía su yelmo,
y, traspasando el cuero y el cartón, penetró-
le por el ojo derecho. La tortura del dolor
hizo dar vueltas al intrépido arquero hasta

20. Se trata de Harvey.

que la muerte, como estrella de influjo superior, le atrajo y lo arrastró en su torbellino.[21]

....

....

.... (Gran hiato en
.... el manuscrito.)

....

cuando Homero apareció al frente de la caballería, montado en brioso corcel, manejado con dificultad por él mismo, y al que ningún otro mortal osaba acercarse: penetró jinete en su montura en las filas enemigas derribando a cuantos se le ponían delante. Dime, diosa, ¿quién fue el primero al que mató, quién el último al que dio muerte? El primero, Gondibert,[22] avanzó contra él, cubierto con una pesada armadura, montado sobre un caballo castrado, juicioso y manso, menos renombrado por su celeridad que por su docilidad en arrodillarse siempre que el

21. Alusivo a su absurdo sistema.
22. Es el héroe y el tema de un poema épico de sir William Davenant (1650). Representa aquí al propio poeta.

cabalgador quería montar en él o descabalgar. Juró por Palas que no abandonaría el campo de batalla antes de haber despojado de su armadura a Homero. Pobre loco, que jamás había visto al portador de la armadura ni sabía lo forzudo que este era. Fue a él a quien Homero desarmó, derribando al caballo y al caballero, que fueron pisoteados y ahogados en el lodo. Luego, con una lanza larga, mató e hizo morder el polvo a Denham, fornido Moderno que, por parte de padre, descendía del linaje de Apolo, aunque su madre era de la raza de los mortales. Cayó y mordió la tierra. Apolo llevóse la parte celestial de su ser, pero la parte terrestre quedóse en el suelo, revolcándose en el cieno. Después Homero, con una coz de su caballo, quitó la vida a Wesley;[23] arrancó a la fuerza a Perrault la silla de montar y la arrojó sobre Fontenelle, y con este solo golpe hizo saltar los sesos de los dos.

23. Samuel Wesley (1662-1735), el padre de dos célebres reformadores religiosos. Escribió una *Vida de Cristo* en verso y otros poemas.

Virgilio apareció en el ala izquierda de la caballería, cubierto de coruscante armadura muy ceñida al cuerpo, caballero en un corcel rucio-rodado cuyo paso tardo no era sino un efecto de su brío y de su vigor extremos. Su mirada se extendía a toda el ala enemiga con el deseo de hallar un guerrero digno de su valor, cuando de repente apareció ante él, montado en un caballo bayo castrado de alzada gigantesca, un enemigo, que sobrepasaba el conjunto de los escuadrones adversos. Pero la velocidad de este caballero era menor que el ruido que producía, pues su caballo, viejo y magro, acababa de gastar las pocas fuerzas que le quedaban en un trote cochinero, y, aunque poco adelantaba, hacía con su armadura un ruido que daba miedo oír. Los dos caballeros no estaban ahora a más de una lanza de distancia, cuando el desconocido manifestó el deseo de parlamentar, y, alzando la visera de su yelmo, el fondo de esta descubrió un rostro que apenas se veía, que no fue reconocido sino hasta después de haber pasado un corto espacio de tiempo. Era el afamado Dryden. El valeroso

Antiguo sufrió un sobresalto repentino, el propio de un hombre a la vez sorprendido y decepcionado, pues la cabida del yelmo era nueve veces mayor que el volumen de la cabeza de su dueño, que apenas aparecía en la parte trasera, como dama dentro del tontillo, o como un ratón bajo regio dosel, o como un petimetre, entrado en años y avellanado, bajo el tejaroz de una peluca. La voz, débil y lejana, armonizaba bien con el semblante. Dryden, en larga arenga, calmó al dulce y tierno Antiguo, le llamó padre, y, tras vasta deducción de genealogías, probó claramente que eran parientes cercanos.[24] Propuso luego, humildemente, un trueque de armaduras, como última muestra de hostilidad entre ellos. Virgilio consintió en ello (pues la diosa Desconfianza, que acababa de llegar, invisible, extendió niebla delante de sus ojos), pese a que la suya era de oro y valía cien bueyes, y la del otro no era sino de

---

24. En el prefacio a su *Eneida*, Dryden afirma que Virgilio, entre los latinos, y Spencer, entre los ingleses, han sido sus maestros.

hierro enmohecido. Sin embargo, esta res-
plandeciente armadura le sentaba al Moderno peor que la suya. Después convinieron
en trocar los caballos; mas, cuando Dryden
quiso montar en el de Virgilio, se asustó y
fue incapaz de subirse a la silla ....
....
.... (Otro hiato en
....el manuscrito.)
....

Lucano llegó montado en un fogoso corcel,
de admirable estampa pero terco, que llevó
al cabalgador por el campo de batalla por
donde le vino en gana; le hizo hacer una es-
pantosa carnicería en la caballería enemiga,
y, para acabar con tal destrozo, Blackmore,
célebre Moderno (aunque uno de los mercenarios), se opuso y arrojó con mano fuerte su jabalina, que no llegó a dar en el
blanco, sino que cayó y hundióse honda-
mente en tierra. Entonces Lucano arrojó
una lanza; pero Esculapio, que llegó sin ser
visto, desvió la punta.

—Valeroso Moderno —dijo Lucano—,
bien veo que algún dios te protege, pues

jamás, antes de ahora, me engañó mi brazo. Mas ¿qué mortal puede batallar con un dios? Por lo tanto, no luchemos y hagámonos obsequios.

Lucano entonces ofreció al Moderno un par de espuelas, y Blackmore dio a Lucano una brida ....
....
.... Creech;[25] pero la diosa Estupidez se apoderó de una nube que además tenía el perfil y el rostro de Horacio armado y montado, y la colocó delante de él en actitud de volar. Contento el caballero de empezar un combate con un enemigo que volaba, persiguió a la imagen amenazándola con recias voces, hasta que al final, arrastrado por ella, fue llevado a la apacible morada de su padre Ogleby,[26] quien lo desarmó y lo forzó al descanso.

25. Thomas Creech (1659-1700), traductor de Horacio y de Lucrecio.
26. John Ogleby (1600-1676) fue el traductor y sobre todo el editor de Virgilio y de Homero, en volúmenes muy lujosos.

Entonces Píndaro mató... y... y Old-ham y... y Afra, la Amazona,[27] la de los pies ligeros; no avanzando nunca en línea recta, sino dando vueltas con increíble agilidad y fuerza, hizo terrible matanza en la caballería ligera del enemigo. Cowley, al ver esto, no pudiendo reprimir el furor dentro de su noble pecho, avanzó hacia el fiero Antiguo, imitando su destreza, y su paso, y sus rápidas corridas tanto como se lo permitían la destreza propia y el brío de su caballo. No bien los dos caballeros hubiéronse acercado a cosa de tres jabalinas, Cowley fue el primero en arrojar una lanza, pero no hirió a Píndaro, sino que pasó por entre las filas del enemigo y cayó sin causar daño. En esto Píndaro arrojó una jabalina tan grande y pesada que una docena de caballeros, de los degenerados de nuestros días, no hubiese podido alzarla del suelo; y, sin embargo, Píndaro la arrojó con facilidad y certera mano, y voló rauda, silbando, por el aire; el Moderno no

27. Mrs. Aphra Behn, autora de muchas obras de teatro, novelas y poemas.

hubiese podido librarse de la muerte si no la hubiera parado con el escudo que le había dado Venus.[28] Los dos héroes tiraron de la espada; pero el Moderno, espantado y turbado, no sabía en donde estaba; le caía el escudo de las manos; tres veces huyó, y tres veces no pudo escapar; al fin volvió, levantó las manos en ademán de súplica:

—Divino Píndaro —gritó—, perdóname la vida y toma mi caballo y estas armas. Y además, mis amigos te pagarán el rescate cuando sepan que vivo y soy prisionero.

—Perro vil —replicó Píndaro—, que tus amigos guarden tu rescate, tu osamenta será abandonada como presa para las aves del aire y las fieras del campo.

Dicho esto, levantó la espada y, de un fuerte golpe, partió en dos al infortunado Moderno, prosiguiendo la hoja de la espada su curso hasta el final. Una mitad quedó jadeante en tierra, para ser pisoteada por los

---

28. Alusión a los versos amorosos de Cowley, en particular su poemario titulado *The Mistress*, que Swift admiraba desde muy joven.

cascos de los caballos, y la otra mitad llevósela, a campo traviesa, el despavorido corcel. Venus[29] recogió esta parte, la lavó siete veces con ambrosía, le dio tres golpecitos con una ramita de amaranto, tras lo cual el cuero se tomó redondo y suave, las hojas se convirtieron en plumas, y, por haber sido dorada antes, siguió siendo dorada; de este modo se metamorfoseó en paloma, y Venus la enganchó a su carroza ....(Hiato .... importante.)

El día llegaba a su ocaso y las numerosas fuerzas de los Modernos medio se disponían a retirarse, cuando se vio salir de entre los infantes de un escuadrón de infantería pesada un capitán que se llamaba Bentley, el más deforme de todos los Modernos; alto de estatura, mas sin forma ni donaire; recio,

---

29. Esta alegoría complicada significa que solo una mitad de la obra de Cowley (los versos amorosos) tienen valor.

pero sin fuerza ni proporción. Su armadura estaba hecha de mil pedazos mal unidos, y el ruido que hacía al andar resonaba con un ruido áspero y fuerte, como el que hace la caída de una lámina de plomo arrancada de repente del tejado de un campanario por un viento *etesio*.[30] El yelmo era de hierro viejo y enmohecido y la visera, de bronce, la cual, envenenada por su aliento, se convertía en caparrosa, sin que le faltase bilis de la misma fuente, pues cuando le movía la ira o quedaba sin aliento por el esfuerzo, veíase que destilaban sus labios una materia negra como la tinta y de naturaleza dañosa. Esgrimía con su diestra un mayal, y también (a fin de que no le faltasen nunca armas ofensivas) tenía en la mano izquierda un vaso lleno de excrementos.[31] Así, completamente

30. Palabra un tanto pedante forjada con la palabra *ëtos*, 'años', que significa 'anual', 'regular'. Swift la ha tomado irónicamente de las *Reflexiones* de Wotton.
31. La persona de quien aquí se habla era célebre por sus modos de atacar a todo el mundo sin distinción y por emplear las invectivas más bajas y viles.

armado, caminó con firme y lento paso hacia el lugar donde los caudillos Modernos celebraban consejo sobre todos los sucesos que estaban desarrollándose. Al ir acercándose él, no pudieron menos de soltar la risa al ver su pierna torcida y la giba de su espalda, que su bota y su armadura, concebidas en vano para disimularlas, no hacían sino mostrar más. Los generales se valían de él por su ingenio mordaz, pues esto, formando él parte del gobierno, resultaba con frecuencia de mucho más provecho para su causa, pese a que en otras ocasiones más hacía mal que bien, ya que a la menor ofensa, y aún sin haberla, revolvíase, como elefante herido, contra sus caudillos. Tal era, en la presente coyuntura, el estado de ánimo de Bentley, afligido al contemplar cómo prevalecían los enemigos, y descontento del comportamiento de cada uno de los miembros de su partido, con la sola excepción del suyo. Daba a entender humildemente a los generales Modernos que él se daba cuenta, con gran resignación, de que eran todos un hato de bellacos, necios de siete suelas, hijos de mala madre, cobardes, zotes, mozalbetes sin letras y pícaros que no hacían más que cometer desatinos. Si a él le hubiesen proclamado general, todos esos perros presuntuosos,[32] los Antiguos, hace muchísimo tiempo que hubieran sido batidos y arrojados del campo.

—Vosotros —dijo él—, os quedáis sentados, inmóviles y ociosos, pero cuando llega el caso que yo o cualquier otro valeroso moderno damos muerte a un enemigo, lo cierto es que vosotros os quedáis con los despojos. No daré un solo paso contra el enemigo mientras no me juréis que serán para mí las armas de quienquiera al que yo haga prisionero o mate.

Apenas hubo Bentley hablado cuando Escalígero le lanzó una mirada furibunda:

—Impío charlatán —le dijo—, que no eres elocuente mas que ante tus ojos, tú injurias sin discreción ni ingenio, faltando a la verdad. Tu mala índole pervierte la naturaleza, tu saber te hace más bárbaro, y lo que

32. Ver el episodio de Tersites en Homero.

sabes de humanidades, más inhumano; tu comercio con los poetas, más rastrero, cenagoso y romo. Todas las artes destinadas a civilizar a los demás a ti te vuelven grosero e intratable; las cortes te han enseñado malos modales, y las conversaciones finas han acabado por hacer de ti un pedante. Además, no hay en el ejército otro tan cobarde como tú. Mas no te desalientes, te doy palabra de que todo despojo que tomes será para ti, si bien espero que tu inmunda osamenta sea presa de aves rapaces y gusanos.

Bentley no se atrevió a responder, sino que, casi ahogándole la bilis y el furor, se retiró con la firme determinación de hacer alguna grande hazaña. Llevóse consigo como auxiliar y compañero a su amado Wotton, decidido a irrumpir en el lugar, no guardado, que ocupase el ejército de los Antiguos, valiéndose de la astucia o de la sorpresa. Emprendieron la marcha pasando por encima de los cadáveres de sus amigos que habían sido degollados, enderezando sus pasos, ora para la derecha del lugar en que estaban situadas las fuerzas de los suyos, ora torciendo hacia el norte, hasta que llegaron a la tumba de Aldrovandi,[33] por el lado de la cual pasaron a la hora en que estaba poniéndose el sol. Fueron acercándose, con miedo, a las avanzadas del enemigo; miraban alrededor para descubrir los sitios en que yacían los heridos, o algunos extraviados, entregados al sueño, desarmados y alejados de los restantes. Así como dos perros de mala ralea, a quienes la innata voracidad y la carencia de lo necesario excitan su cólera y hacen que se unan para introducirse de noche, y a pesar de su miedo, en el redil de algún rico ganadero, caminan sin levantar el rabo, sacando la lengua, pisando despacio y sin ruido, en tanto la luna vigilante en su cenit lanza rayos verticales sobre sus cabezas culpables; no se atreven a ladrar, pese a estar exasperados por su rostro radiante, que lo perciben reflejado en un charco o directamente en su

33. Ulises Aldrovandi (1522-1605), sabio italiano cuyas obras voluminosas (de historia natural) fueron editadas después de su muerte, de donde se explica la alusión a su tumba.

órbita, mientras uno de los perros vigila las inmediaciones y el otro explora la planicie por si, no lejos del redil, ve, por casualidad, alguna res muerta medio devorada, carroñas dejadas por funestos cuervos o ahítos lobos. Así caminaba aquel par de amigos, que tanto afecto se profesaban, no sin cierto miedo y precauciones. Cuando, a corta distancia, pudieron ver dos relucientes armaduras, colgadas de un roble, y a los dueños de ellas no lejos de allí profundamente dormidos, los dos amigos echaron suertes, y tocóle a Bentley acometer la aventura. Bentley continuó, pues, su camino, precedido de la Confusión y del Enloquecimiento, en tanto que el Horror y el Terror formaban la retaguardia. Al llegar cerca, vio dos héroes del ejército de los Antiguos, Esopo y Falaris, que dormían tendidos en el suelo. Bentley gustosamente les hubiese dado muerte a ambos, y, acercándose más, alzó su mayal para asestar un golpe en el pecho de Falaris. Mas entonces la diosa Terror, interponiéndose, cogió al Moderno en sus gélidos brazos y lo alejó del peligro que ella adivinaba. Ocurrió en aquel momento que los dos guerreros durmientes, aun estando profundamente dormidos y soñando, se volvieron al mismo tiempo, agitados por su sueño. Falaris,[34] en este preciso minuto, soñaba que un poetastro vil habíale satirizado y que tenía a este, preso y bramando de dolor, dentro de su toro. Y Esopo soñaba que, mientras él y los caudillos de los Antiguos estaban yaciendo en tierra, desatóse un asno salvaje y echó a correr, pisoteándolos, tirando coces, bombardeándoles sus rostros con sus cagarrutas. Bentley dejó a los héroes dormidos luego de haberse adueñado de sus armaduras y se retiró para ir en busca de su amado Wotton.

34. Aquí hay una imitación de Homero, el cual cuenta los sueños de los muertos en un sueño. Por otra parte, Falaris fue un tirano de Agrigento (565-549 a. C.) que, según la leyenda, hacía asar sus víctimas en un toro de bronce, donde acabó él mismo por perecer. Existe una colección de cartas apócrifas y a propósito del manuscrito de las mismas tuvo lugar el incidente Boyle-Bentley. El aniquilamiento de los dos héroes es el símbolo del esfuerzo de los eruditos para rechazar la paternidad de sus obras.

Wotton, entretanto, había andado largo espacio en busca de una empresa, hasta que llegó a un riachuelo que nacía de una fuente muy cercana, denominada en la lengua de los mortales *Helicón*. Se detuvo allí y, sintiéndose sediento, determinó apagar la sed en aquella linfa clara. Tres veces, con profana mano intentó llevarse el agua a los labios, y otras tantas se le escurrió por entre los dedos. Tendióse boca abajo; mas, antes que sus labios hubiesen podido besar el cristalino líquido, apareció Apolo y puso su escudo entre el Moderno y la fuente, de modo que aquel no pudo sacar nada más que barro. Pues, aunque en la tierra no hay ninguna fuente que pueda compararse con la limpidez de Helicón, se encuentra, sin embargo, en el fondo un denso sedimento de barro y limo. Apolo obtuvo este favor de Júpiter para castigo de aquellos que osasen catar el agua con labio impío y escarmiento de todos los que la sacasen de lo más hondo o de muy lejos de la fuente.

Ahora bien, he aquí que Wotton vio dos héroes junto al manantial. No pudo ver quién era uno de ellos, pero enseguida conoció al otro, que era Temple, el general de los Antiguos. Este estaba vuelto de espaldas y bebía a grandes tragos, en su yelmo, el agua reconfortante de la fuente, cerca de la cual se había retirado para reponerse de las fatigas de la guerra. Wotton, que lo observaba, temblándole las rodillas y las manos, dijo para sí:

—Oh, si pudiese matar a este destrozador de nuestro ejército; pues entonces, ¡qué fama no cobraría entre los caudillos! Mas pelear con él cuerpo a cuerpo, escudo contra escudo, lanza contra lanza, ¿quién sería el Moderno de nosotros que a ello se atreviese? Porque lucha como un dios, y Palas y Apolo están siempre cerca de él. Mas, oh, madre, si es verdad lo que la Fama dice, que soy hijo de tan grande diosa, concédeme que con esta lanza hiera a Temple, que el golpe le precipite a los infiernos, y que yo pueda volver sano, salvo y triunfante, cargado de sus despojos.

La primera parte de esta plegaria, los dioses se la concedieron, gracias a la intercesión de su madre y de Momo; pero la restante, a causa de un viento perverso que el Hado hizo soplar, se dispersó en los aires. Entonces Wotton asió su lanza y, tras blandirla tres veces por encima de su cabeza, la arrojó con toda su fuerza, mientras la diosa, su madre, añadía nuevo vigor a su brazo. Pero la lanza pasa silbando y no hace sino rozar el cinto del prevenido Antiguo, hasta que da en el suelo. Temple no sintió que el arma le tocase ni el ruido que hizo al caer. Wotton hubiese podido salvarse y volver a su ejército con el honor de haber arrojado una lanza sobre tan grande caudillo, sin desquite. Pero Apolo, airado porque una jabalina lanzada con la ayuda de tan insensata diosa había profanado su fuente, adopta la forma de Atterbury[35] y se acerca adonde estaba el joven Boyle, que a la sazón acompañaba a Temple. Le señala primeramente la lanza, luego

35. Deán de Christ Church, ayudó a Boyle a escribir su *Examen* y fue luego obispo de Rochester. Condenado por alta traición en 1772, fue despojado de su dignidad eclesiástica y tuvo que exiliarse a Francia.

el Moderno que le ha arrojado lejos, y le manda al joven héroe que tome venganza inmediata. Boyle, revestido de la armadura que habíanle dado todos los dioses,[36] se puso en seguida a perseguir al tembloroso enemigo, que, en aquel momento, corría delante de él. Así como un león joven, en las llanuras líbicas o los desiertos de Arabia, a quien su anciano padre ha mandado cazar, robustecer la salud o hacer ejercicio, recorre aquellos parajes deseoso de encontrar algún tigre de las montañas o un jabalí feroz; si por azar un onagro, de rebuznos desagradables, ofende sus oídos, el noble animal, aun deplorando tintar sus garras en sangre tan vil, exasperado por el ingrato ruido (sin contar que Eco, la estúpida ninfa, como todas sus congéneres de cabeza vacía, lo repite más fuerte y con más deleite que la canción de Filomena); él desea vengar el honor de la

36. Boyle estaba asistido en esta disputa por el deán Aldrich, el Dr. Atterbury y otras personas de Oxford, celebradas por su saber, llamadas los ingenios de Christ Church.

selva y mata al gritón y orejudo animal. Así huyó Wotton, así lo persiguió Boyle. Pero Wotton, por lo mucho que pesaban sus armas y el no ser muy ligero de piernas, comenzaba a correr menos de prisa cuando apareció su amado Bentley, que volvía cargado de los despojos de los Antiguos a los que había sorprendido durmiendo. Boyle le miró atentamente y no tardó en ver el escudo y el yelmo de su amigo Falaris, dos armas que él, ha poco, había bruñido y dorado con sus propias manos. La ira hizo brillar sus ojos y, abandonando la persecución de Wotton, se arroja furiosamente sobre el hombre que en este momento se acerca. De buena gana se vengaría de los dos a la vez. Pero cada uno huye por un camino diferente. Así como a una mujer[37] en una choza, que apenas se gana la vida hilando lana, le ocurre que sus ocas se dispersan por los pastos

37. Alusión a la edición hecha por Boyle de las supuestas epístolas de Falaris (1695), de las cuales Bentley, en un apéndice a la segunda edición de las *Reflexiones* de Wotton, demostró su falsedad.

comunes, corre por la llanura de un lado para otro para obligarles a volver a casa. Ellas cacarean con gran estrépito y revolotean a través del espacio libre. Así Boyle perseguía, y así huía aquel par de amigos. Viendo que era vano intento seguir huyendo, se unieron valerosamente y se pusieron en posición de combate. Bentley fue el primero en arrojar una lanza con toda su fuerza, con la esperanza de clavarla en el pecho de su enemigo. Pero Palas llegó sin ser vista y, en el aire, le quitó la punta de hierro y le puso otra de plomo, la cual, tras un choque sordo con el escudo del adversario, cayó embotada al suelo. Entonces Boyle, midiendo bien el tiempo, tomó una lanza de maravillosa longitud y muy buida punta, y, como los dos amigos estuvieran uno al lado de otro y muy juntos, arrojó el arma con insólita fuerza. Bentley vio que se acercaba su fin y, como bajó los brazos y los pegó a las costillas, con la esperanza de salvar el cuerpo, el dardo penetró y atravesó brazo y costado, sin detenerse ni perder su fuerza, hasta que se hubo clavado también en el cuerpo del valeroso Wotton, quien, al querer sostener a su amigo moribundo, tuvo el mismo fin que este. Así como el cocinero, diestro en su oficio, atraviesa con el asador la blanca carne de los costados de un par de chochaperdices, atando alas y patas a las costillas, así quedaron atravesados los dos amigos antes de caer al suelo, unidos en la vida, unidos en la muerte, tan estrechamente unidos que Caronte los tomó por un solo hombre y les hizo pagar tan solo la mitad del peaje de la laguna Estigia.

¡Adiós, amada pareja! ¡Pocos como vosotros dejáis detrás! Y dichosos e inmortales seréis, si tales pueden haceros mi talento y mi elocuencia.

Y ahora...

(El manuscrito se acaba aquí).

ÍNDICE

Esta primera edición de
La batalla entre los libros antiguos y modernos,
quincuagésimo tercer título de H&O Editorial,
consta de 1.000 ejemplares y fue dada
a imprenta en Sant Esteve Sesrovires
el 20 de octubre de 2025.

«De todas las maneras posibles
de procurarse libros,
la que se considera más loable
es la de escribirlos uno mismo.»

WALTER BENJAMIN